I0682689

4°.H.13.622

AVIS SALVTAIRE

AVX PEVPLES

DE FLANDRES.

SVR L'ESTAT PRESENT
de leurs Affaires.

Imprimé à COLOIGNE le premier iour
de Septembre 1647.

Messievrs,

Ie romps le silence que j'ay gardé depuis le commencement de cette Campagne. J'ay voulu voir auant que parler, si les succez qu'elle produiroit, respondroient aux esperances qu'on vous en auoit données. Mais enfin j'ay connu que le bon-heur qui d'abord a accompagné vos armes, n'a esté que comme ces feux nocturnes, qui ne paroissent dans l'air que pour s'y perdre, à mesure qu'ils s'y monstrent; ou comme ces fausses Crises, où il semble que la Nature veüille faire quelque effort en faueur du Malade; mais où elle ne fait rien que faire voir sa foiblesse, & empirer le mal, au lieu de le soulager.

Il n'y a pourtant, à mon auis, d'autre bien à attendre pour vous apres celuy là. Tout est espuisé du costé d'Espagne pour vostre Ressource: Elle ne sçauroit vous communiquer

a ce

ce qu'elle n'a pas , qui eſt la puiſſance de ſe
maintenir ; & dans l'eſtat où les choſes ſont ,
ie me promets de vous faire voir par le menu
dans le cours de cette Lettre, que voſtre ſalut
ne dépend plus deſormais, de la reſiſtance que
vous ferez à vos Ennemis ; qu'il dépend ſeullement de l'Accommodement que vous pouuez
faire auec Eux, & que vous deuiez auoir déja
fait.

A quoy a ſeruy le changement de tant de
Miniſtres , & de tant de Generaux d'armée ;
que pour rejetter le malheur de vos Affaires
ſur celuy qu'on deſtituoit, & pour vous faire
faire de nouueaux efforts , par la nouuelle eſperance qu'on vous faiſoit conçeuoir ; que le
dernier ſeroit plus heureux que n'auoit eſté
ſon Predeceſſeur ? Et ſans monter plus haut,
ny parler de Franciſco de Melos , & d'autres ;
que ne vous promettiez-vous point de l'Ad-
miniſtration de Caſtel-Rodrigo , & de la valeur de tant de Chefs qui ſont venus comman-
der vos armes ? Et qu'a-t'il revſſi de cette ad-
miniſtration , & de cette valeur, que la perte
de vos Places,& le reſtreciſſement de vos Fron-
tieres ? Auoüons le vray, MESSIEVRS, que
vos maux ſont bien eſtranges ; puis qu'ils ont
reſiſté

refifté à la capacité des plus grands hommes, & plus confommez dans le maniment des affaires & des armes, que l'Efpagne euft chez elle, & qu'en cecy on ne les peut blafmer pour auoir failly en quoy que ce foit. Mais ils meritent pluftoft beaucoup de loüange, de ce que s'eftans par leur malheur rencontrez en vn lieu où tout alloit en décadence, & où il y auoit des difficultez, que nulle force ne pouuoit vaincre, ny aucune fcience adoücir ; Ils n'ont pas laiffé d'empefcher le bouleuerfement des affaires, & de fauuer jufqu'icy à leur Maiftre, contre l'opinion commune, ce qu'il poffede dans les Pays-bas.

On vous a enfin enuoyé pour ce fouuerain Commandement l'Archiduc Leopold, comme vne Ancre facrée, & vn Chef de referue. Ces grands Noms d'Archiduc, & de Maifon d'Auftriche, vous ont efblouys ; & vous vous eftes figurés qu'à les ouyr feullement prononcer, les armes tomberoient des mains des François, & que les portes de leurs meilleures Places vous feroient ouuertes. Et neantmoins vous voyez à quoy vous en eftes maintenant, & pour combien vous donneriez les Conqueftes que vous vous promettez de faire. Vous

voyez

voyez combien toſt on vous a rendu l'eſchan-
ge de celles que vous auez faites, & d'Aſſail-
lans que vous auez eſté quelque peu de temps,
vous voila entierement ſur la deffenſiue. Vous
voyez encore dans le cœur de voſtre Pays,
ceux qu'on vous auoit donné à entendre,
qu'on pouſſeroit, juſqu'à la Capitale Ville du
leur: Vous voyez groſſir leurs forces, lors que
les voſtres diminüent, & vne fin de Campagne
qui ſe prepare, fort differente de ſon entrée.

    Peut-eſtre que la Vertu de voſtre Generaliſ-
ſime, enuoyera en fumée ces preſages de malheur, & corrigera la malignité des Eſtoiles qui
ne vous ſont point amies. A la verité on ne
peut nier qu'elle ne ſoit grande ; & pour mon
particulier, ie la croy en la plus haute éleua-
tion où vn Prince de ſon âge la puiſſe porter.
Mais quand il ſurpaſſeroit Alexandre & Ceſar
en courage, & en ſcience Militaire ; à quoy ces
merueilleuſes qualitez pour voſtre bien, s'il
n'eſt point heureux comme ils l'ont eſté ? Pour
le moins eſt-il vray qu'il ne l'a point eſté en
Allemagne, où il perdit il y a quelques an-
nées vne Bataille prés de Lipſic : où il ne peût
l'année paſſée deſloger les Suedois du pays de
Heſſe, ny empeſcher la conjonction de leur
armée

armée auec la Françoise : où apres cette Conjonction, qui fust fatale au Party de l'Empereur, il se laissa deux fois couper le chemin de la Retraite ; Il laissa enleuer la Franconie & la Suaube à l'Armée confederée : Il la laissa penetrer dans la Bauiere ; & apres vne infinité de petites & grádes disgraces reçeües ; Il se retira, laissant le Duc de Bauiere sur le penchant d'vne entiere ruyne, & reduit à la necessité de se perdre , ou de pouruoir à son salut par vne Treve.

Ce n'est pas à dire que le mesme malheur qui a accompagné les Emplois que l'Archiduc a eus en Allemagne ; deût suiure pour cela celuy qu'on luy a donné en Flandres. La Fortune ne s'opiniastre pas toûjours à maltraitter la Vertu, & ne tient pas par tout la mesme rigueur aux personnes de merite ; Et comme il est vray qu'en changeant d'air , on recouure quelquefois la santé perdüe ; Il arriue aussi quelquefois que cette Inconstante fait largesse de ses faueurs en vn pays, à ceux qu'elle en auoit priuez en vn autre. Il y a donc raison de conclurre, que ce n'est pas tant la Fortune qui a manqué à l'Archiduc , pour faire les grandes choses que vous vous en estiez promises ;

mises ;

mifes ; que la puiſſance de les faire ; Qu'il a entrepris, meſme au delà des moyens qu'il auoit en main d'entreprendre, & que ſi les Eſpagnols luy euſſent fourny l'argent & les autres choſes neceſſaires pour agir plus puiſſamment, il auroit fait de plus grands progrez; Qu'au lieu de perdre Dixmuide & la Baſſée, il auroit auſſi bien pris d'autres Places, qu'il s'eſt rendu maiſtre d'Armentieres & de Landrecy; & au lieu d'auoir recours, comme il fait maintenant, à des Retranchemens d'armée, pour ſe deffendre des François ; il les auroit peut eſtre reduits à la neceſſité qu'il ſouffre.

Cela me fait paſſer à vne autre conſideration, ſur laquelle il importe que vous vous arreſtiez, & que vous ouuriez les yeux à vne verité qu'elle conclud par vne conſequence infaillible. C'eſt, que ſi cette Campagne, où tout ce qui vous pouuoit eſtre auantageux, tant du coſté de vos Ennemis, que du voſtre, ayant concouru, a eſté pour vous de ſi peu de rapport, que vous voudriez de bon cœur qu'elle fuſt à recommencer ; que deuez vous attendre de la Campagne prochaine, où vray-ſemblablement ces auantages ne reuiendront plus, & où il n'y a point de porte pour voſtre reſſource,

reſſource, qui ne vous doiue eſtre fermée?

Ie ne veux pas traitter en Orateur, & beaucoup moins en Sophiſte, vn Poinct qui vous eſt ſi important. Ie ne veux pas employer des couleurs & des ornemens qui vous pourroient eſtre ſuſpects, pour accompagner vne verité, qui n'a beſoin que de vous eſtre repreſentée toute ſimple & toute nüe, pour faire l'effet que ie me propoſe. Ie ne veux mettre en auant que des Faicts hiſtoriques, & qui ne peuuent eſtre contredits que par vne extrême ignorance, ou des Raiſons ſi viſibles & ſi palpables, qu'il n'y aura qu'vne furieuſe paſſion qui les puiſſe rejetter. Pour cela, MESSIEVRS, voicy au vray l'eſtat des choſes.

Les Eſpagnols, qui auoient reſſenty par tant de pertes l'effet de la puiſſance des François, ayant reſolu de courir encore le hazard de cette Campagne, pour voir ſi elle leur ſeroit plus fauorable que les autres; s'eſtoient auſſi reſolus de faire leur principal effort en Flandres, où eſt pour eux le principal Siege de cette Guerre. Bien que comme malheureux, ils eſperaſſent quelque changement dans leurs affaires, & que ce rayon de proſperité qu'ils auoient eu l'année paſſée en Catalogne, leur

en

fuſt comme vne eſpece d'Augure; Ils ne s'e-
ſtoient point endormis là deſſus, & n'auoient
rien oublié de ce qui pouuoit ſeruir à leur deſſein, pour fonder en raiſon leur eſperance.

Pour cét effet on vous enuoye vn Chef de
reputation, & pour la grandeur de ſa Naiſſan-
ce, & pour le merite de ſa Perſonne, & pour
les grands Emplois qu'il auoit eus. Par ce
moyen on vous remet le courage, que tant de
pertes auoient affoibly: on pouruoit à la diuiſion de vos autres Chefs, qui vous auoit eſté ſi
funeſte: on vous oblige à faire de nouueaux
efforts, en conſideration de ce nouueau Gene-
ral, en la perſonne duquel reſidoient tant de
dignité, de ſi grandes qualitez, & les principes
apparens du reſtabliſſement de leurs affaires.

L'armée qu'on luy a faite, eſt la plus forte
qu'on luy puiſſe former. On la compoſe, non
ſeullement des Trouppes qui ont couſtume
d'aller en Cápagne, mais on deſgarnit meſme
les Places pour la groſſir, & on ne laiſſe preſque
point dans celles de Frontiere vne Morte-paye
qu'on n'y enuoye. Et affin qu'il n'y euſt rien
qui fiſt diuerſion contr'elle, & l'obligeaſt à ſe
partager; Il eſt arriué que celle des Hollandois, qui entretenoit les autres années en eſ-
chec

chec vne partie, n'a point agy, & a demeuré immobile celle-cy. Elle fe fortifie outre cela de trois mille vieux foldats, qui furent faits prifonniers à la Bataille de Rocroy. Enfin elle met en Campagne, vn mois auant que celle de France foit formée, & prend tous les auantages, que la preuention & la foudaineté apportent.

La Françoife au contraire, outre ce qu'elle a encouru par cette preuention non attendüe; s'affoiblit beaucoup par la fouftraction des Trouppes du Prince de Condé, qui vont feruir en Catalogne; Perd dans la prife d'Armentieres deux mille hommes des meilleurs qu'elle aye; n'eft animée comme les autres années par la prefence du Duc d'Orleans, & du Prince de Condé, & par toute la Nobleffe qui a couftume de fuiure ces Princes. Elle eft mefme deftituée des forces que le Marefchal de Turene luy deuoit mener, & qu'vn accident inopiné auoit alors rendu inutiles.

Et neantmoins, quelles fuittes ont eu des auantages fi confiderables? Quelle a efté la moiffon d'vne fi belle apparence? Quel a efté l'enfantement d'vne fi magnifique conception? Vous auez mis plus d'vn mois à prendre

c   Armentieres

Armentiéres & Comines, auec de notables
pertes ; que les François auoient pris en vn
jour, & enpaffant, fans perdre vne goutte de
fang, ny vn grain de poudre. Vous vous eftes
rendus Maiftres de Landrecy, & l'on vous a
enleué Dixmuide, & la Baffée : Et vous fçauez
combien Ipre, Bruges, Lifle, & tout le refte du
pays, donneroient de retour pour ces places-
là ; & fi Dixmuide, la Baffée, & Courtray, ne
font pas plus capables de faire perir Armentieres & Menhein ; que Menhein & Armentieres de faire tomber Courtray.

Voila le pottrait au vray de ce qui paroift
de cette Campagne ; & voila vray-femblable-
ment tout le fruict que vous recueillirez, du
plus grand effort qu'a peû faire la preuoyance
de vos Superieurs ; L'extrême paffion auec laquelle vous les auez fecondez, & les accidens
contraites qui font arriuez à vos Ennemis.
Apres quoy ie vous demande, MESSIEVRS,
fi vous eftes refolus d'effuyer vne autre Campagne, & de laiffer encore courir la Guerre
auec tous fes maux fur vos Prouinces?

Si cela eft, ie vous demande encore, d'où
pretendez-vous tirer les moyens de la faire
plus long-temps, & où prendre l'argent & les
forces

forces necessaires pour nourrir ce Monstre? de quelle assistance pretendez vous vous fortifier contre la puissance des François?

De celle de l'Empereur? mais qui ne voit que si la Guerre continüe en Allemagne, il n'aura point trop de toutes ses forces, pour se deffendre de ceux qui en ont assez, pour l'aller chercher jusques dans ses pays hereditaires?

Que si la Paix de l'Empire se conclud , & qu'il soit permis à la France, & à l'Espagne, de se preualoir des forces de leurs Alliez , & de leurs Amis de ce pays-là; pouuez-vous douter que celle là n'en attire à son seruice, bien plus sans comparaison que l'autre ? Outre que , considerez ie vous prie, quels hostes vous appelleriez chez vous, que ces Trouppes accoustumées à la licence, & combien plus dangereusement vous seriez la proye de vos amis, que celle de vos ennemis.

Que s'il n'est loisible, ny à la France, ny à l'Espagne, de tirer aucun secours de ce pays-là; toûjours est-il vray que celle-là pourra employer contre vous, l'Armée qu'elle entretenoit en Allemagne.

Esperez-vous au **Duc de Bauiere**, qui outre

tre

BnF
ARS

tre l'ancien leuain de haïne, & les caufes in-
ueterées de reſſentiment, qu'il y a entre les
Eſpagnols & luy ; ne peut ſonger, ſans vn juſte
eſprit de vengeance, au mauuais traittement
que les Miniſtres de la Maiſon d'Auſtriche
luy ont voulu faire depuis peu, ayant auec
tant de violence attaqué ſa reputation, & taſ-
ché de le deſpoüiller de ſon armée.

Croiriez-vous bien que les Hollandois
deuſſent paſſer du Party de France au voſtre,
& quitter des Amis confirmez, & eſprouuez
en tant de rencontres ; pour s'attacher à des
Ennemis reconciliez, & à des Amis pluſtoſt
faits par la neceſſité preſente de leurs affaires, que par l'inclination naturelle de leur
volonté ? Pouuez-vous douter que trouuant
enfin manifeſtement, & comme touchant au
doigt, que les proteſtations que les Eſpagnols
leur ont faites de vouloir la Paix, n'ont eſté
que des couleurs & des artifices, pour deſ-
guiſer le deſſein qu'ils auoient de les ſéparer
des François, & de continüer par ce moyen
plus auantageuſement la Guerre ; Ils ne s'en
offenſent ; & ſi l'on n'y remedie bien-toſt, ils
ne ſe mettent aux Champs l'année prochaine,
pour tirer raiſon de cette injure, & auoir leur

part

part du débris de voſtre pays, qui n'eſt pas
loin de naufrage.

Quant aux Anglois, outre qu'ils font pro-
feſſion de bien viure auec la France, qui leur
rend le reciproque, vous voyez s'ils peuuent
ſonger aux affaires de dehors, au milieu des
broüilleries qui les occuppent au dedans ; &
vous ſçauez que ces grandes flottes de gens de
guerre, que les Eſpagnols ſe vantent deuoir
faire venir chez vous, de l'Angleterre, de l'Eſ-
coſſe, & de l'Irlande, ſe font reduites à trois
cens ſoldats; au lieu que les François, ſans faire
tant d'oſtentation & de bruit, en ont tiré cinq
mille de ces trois Royaumes.

Quant à l'Eſpagne, vous ſçauez qu'au lieu
de vous enuoyer des gens de guerre, comme
elle faiſoit, lors que vous n'auiez à faire qu'aux
Hollandois, elle en tire de voſtre pays, depuis
la rupture auec la France ; & vous voyez maintenant qu'au fort de la guerre que vous auez
chez vous ; & au milieu du feu qui vous bruſle,
il s'en embarque tous les jours pour elle à
Oſtende.

En ſecond lieu, vous ſçauez combien l'argent qui vous venoit en ce temps-là ſi abon-
damment de l'Eſpagne, vous vient à cette

d   heure

heure rarement, & en petite quantité. Et bien
que ce Royaume, nonobſtant ſa pauureté, &
l'eſpuiſement de ſes Indes, faſſe toutes les dili-
gences poſſibles, pour vous faire tenir ce qu'il
a de plus pur, & de plus net; ſi eſt-ce que les
remiſes en ſont ſi lentes & tardiues, qu'elles
ſont mangées auparauant qu'elles arriuent; &
ſi vous ne fourniſſiez du voſtre le pain & les
plaquilles, pour la ſubſiſtance de la Soldateſ-
que, vous n'en auriez plus, ny à la Campagne,
ny dans vos Places; & celles-cy ne ſe trouue-
roient, ny munies, ny fortifiées.

Ie ne parle point de l'Italie, puis que vous
n'aurez pas peine à comprendre, que n'en ayât
receu aucune aſſiſtance depuis la declaration
de la guerre; vous en deuez moins attendre à
preſent, que les Royaumes de Sicile & de Naples ſont ſouleuez; & que quand meſme ces
ſouleuemés ſ'appaiſeroient, & qu'on calmeroit
l'eſmotion des Peuples, en ratiffiant tout ce
que les Vices-Roys leur ont accordé; Il eſt vi-
ſible que ce ne ſera pas peu pour les Eſpagnols, d'en eſtre quittes pour ne rien tirer de
ces deux Royaumes durant cette guerre.

D'autre coſté, vous voyez les François au
milieu de voſtre Pays, auec des forces ſi conſi-
derables,

derables, que le mieux qui vous puiſſe arriuer,
ſi vous n'y remediez, ſera de vous voir enleuer
piece à piece ; & coupper, pour le dire ainſi,
les membres de vos Eſtats, l'vn apres l'autre.

Que le Prince de Condé tient la Campagne
en Catalogne, & ne trouue point d'armée qui
la luy diſpute, en vn lieu qui doit eſtre le veritable Theatre de la puiſſance du Roy d'Eſpagne.

Que ſon Armée nauale, qui a fait tant d'eſ-
clat, ne ſera apparemment capable de tenir
la Mer contre la Françoiſe, ny rien faire dans
le Royaume de Naples, ſi elle y va, que d'eſ-
mouuoir d'auantage les humeurs, qu'elle n'a
la force de reſoudre.

Bref, que l'Eſtat de Milan, qui eſt le Cœur
& la Vie de tout ce que les Eſpagnols poſſe-
dent en Italie, eſt attaqué de deux coſtez, &
par deux Armées ; dont chacune eſt plus forte
que celle qui le doit deffendre.

Voila, MESSIEVRS, des veritez, & bien
ſenſibles, que ie vous propoſe, au lieu des
menſonges dont on vous a repeus, & dont on
continüe à vous repaiſtre, pour vous deſtour-
ner de la penſée de voſtre ſalut, que vous ne
deuez plus attendre, ny de la foibleſſe de vos

ennemis,

ennemis, ny de la puiſſance de voſtre Maiſtre.
On vous a tant rompu la teſte de l'vne & de
l'autre, & vous en voyez ſi clairement la fauſ-
ſeté ; que vous en deuez tirer conſequence,
pour les autres ſuppoſitions qu'on a auancées
au préjudice de la France. Le décry qu'on a
fait des affaires de ce Royaume, qu'on voit
eſtre ſi floriſſantes ; La diuiſion prochaine
qu'on vous figure, en vn Eſtat où les Membres
tiennent ſi bien à leur Chef, & où il n'y a point
de partie qui ſe démente de la ſcituation où
elle doit eſtre ; Les calomnies qu'on a inuen-
tées contre la conduitte du principal Miniſtre ; Les bruicts qu'on a fait courir de la diminution de ſon credit, & meſme de la retraitte qu'il meditoit faire hors du Royaume;
Tels & ſemblables moyens, qui ont ſi peu
de fondement dans la Verité, & qui ſont les
principaux ornemens de vos Gazetes, vous
doiuent faire deffier, que ceux qui s'en ſer-
uent, ne manquent de la veritable force pour
vous deffendre, & ne reſſemblent à ceux qui
employent les ſortileges, pour ſe guerir de
quelque mal, ou qui ont recours aux Cara-
cteres pour eſtre Vaillans.

Ie ne veux point finir, ſans dire encore vn
mot

mot de la diuiſion imaginaire des François, & de la retraitte pretenduë, ou au moins de la diminution de credit, du principal Miniſtre de France. Ie vous auoüe, MESSIEVRS, que le premier de ces deux accidens vous pourroit apporter quelque reſolution fauorable; & que par le ſecond, s'il arriuoit, ſe romproit vn des principaux liens, qui tient vnis les Membres de cette Monarchie. Mais la choſe ne va pas ainſi; & ie vous puis aſſeurer, pour ce qui eſt de ce Miniſtre, que jamais les François n'eurent pour luy plus de reſpect & d'amour qu'ils ont: Que la Reyne, le Duc d'Orleans, & le Prince de Condé, l'eſtiment à l'enuy; Qu'il n'y a rien de plus connu, ny de plus auoüé dans ce Royaume, que le des-intereſſement de ſes ſeruices; que ſa capacité, & ſon application aux affaires; que la fermeté de ſa reſolution à ſe ſacrifier, auec tout ce qu'il a de cher, pour le bien de l'Eſtat, & la gloire de ſon Maiſtre; Bref, que tous ceux qui ſouſpirent apres l'exemption des maux de la guerre, & les douceurs de la Paix, ne l'attendent en partie que de ſes ſoins, en quelque temps, & en quelque maniere que cela arriue.

Quant à la diuiſion des François, que j'ay

c   touchée

touchée cy-deſſus, & ces ſemences de diſcorde ciuile, qu'on ne voit pas encore pouſſer,
elles deuroient veritablement auoir fructifié,
depuis le temps que les Fugitifs de France la
preſchent, & font venir auec ce leurre les Pen-
ſions que les Eſpagnols leur donnent. Voulez-
vous que ie vous die, à quoy ſert l'argent que
ceux-cy employent pour cela, & celuy-là meſme qu'ils proſtituent aux donneurs d'auis de
France. Ce ſeroit peu, s'ils ne faiſoient que le
perdre, & s'il ne leur eſtoit funeſte, & vn des
Inſtrumens des malheurs qui leur arriuent.
Cela vous ſemble bien eſtrange, & paroiſt d'a-
bord vn paradoxe dás la Politique. Il n'eſt rien
pourtant de plus vray; & ſi les Eſpagnols n'euſſent eſté amuſez par les fatales eſperances
qu'on leur a données, d'vne diſcorde ciuile
en France; ou que les affaires de ce Royaume
demeureroient tout à coup, par le manque-
ment des choſes neceſſaires pour continüer la
guerre, comme vn Vaiſſeau qui s'eſchoüe à
faute d'eau; Si cela, diſ-je, n'euſt point eſté, il
y a long-temps qu'ils euſſent entendu à la Paix
qu'ils ont rejettée. Mais quoy? il eſtoit juſte
que ceux qui receuoient leur argent, ayant
l'ame pleine de gratitude, payaſſent leurs Bien-
facteurs

facteurs de quelque chose qui leur fust agréable ; & ceux-cy sont dignes de quelque sorte d'excuse, s'ils ont creu facilement ce qu'ils desiroient si fort. Et sur cette croyance, au lieu de sortir d'affaires par la porte que la Paix leur ouuroit, ils se sont dauantage enfoncez dans les pensées de la guerre, où par vn juste chastiment de Dieu, ils ont continüé à faire des pertes ; comme leurs ennemis par consequent à faire des progrez, & à profiter d'vne erreur qui ne leur coustoit rien, & qui estant cherement acheptée par les autres ; ce n'est pas merueille si jusques icy ils n'ont voulu s'en défaire.

Que si les François n'ont point voulu laisser courir vne erreur, qui leur est si auantageuse ; & s'ils ont mis quelques-vns de ces honnestes gens qui la nourrissoient, en estat de ne seruir plus la France, par ces belles voyes ; ce n'a esté que pour le seul desir de la Paix qu'ils s'y sont portez, & pour faire voir aux Espagnols, que leurs Mines estant éuantées, & le fondement de l'esperance qu'ils auoient au succez de ces prattiques estant osté ; ils deuoient tout de bon songer au repos, qui seul pouuoit adoucir leur mauuais sort, & arrester le cours

de

de leurs pertes. Et à la verité ils ont grand
tort, s'ils ne se guerissent pour vne bonne fois
d'vne Chimere qui leur tient tant à la teste, &
ne s'asseurent que les François ne sont pas si
ennemis de leur propre bien ; qu'ils voulus-
sent ajouster la Guerre Ciuile, dont les maux
sont si estranges, & la fin si incertaine, à l'E-
strangere, qui est moins cruelle, & qui d'vne
façon ou d'autre doit finir bien tost, si l'on le
peut juger par l'estat des chofes.

Cecy m'oblige, MESSIEVRS, à vous
faire part d'vne reflexion que j'ay faite, sur la
nouuelle qui est arriuée du souleuement de
Sicile & de Naples. C'est que les Espagnols
estant si grands semeurs de noise, & ouuriers
de diuision que le monde sçait ; & n'ayant depuis quelque temps oublié aucun de leurs artifices, ny aucune de leurs machines pour en
susciter en France ; d'où vient qu'ils y ont si
mal reussi ? Au lieu que sans que les François
s'en meslent, & sans qu'ils y influent par leurs
Negociations, & par leurs prattiques ; on voit
que de temps en temps des Royaumes entiers
se souleuent contre l'Espagne. Ne peut-on
pas presumer, sans temerité, qu'il y a là de
la Main de Dieu, & que ces souleuemens
                                                      sont

ſont de purs effets de ſa Iuſtice irritée?

Mais qu'eſt-ce qui peut de la part des Eſ-pagnols, auoir ſi fort irrité cette Iuſtice, & quelle cauſe la peut auoir obligée à leur en-uoyer cette foule de maux ſi particuliers, & ſi eſtranges? Il y a de l'apparence, au moins ſelon ce qui peut tomber ſous noſtre raiſon-nement, que cette cauſe ne peut eſtre autre, que cette auerſion implacable de la Paix, qu'ils ont teſmoignée juſques icy;

Que les éuaſions & les défaites dont ils ſe ſont ſeruis pour ne la pas conclurre, lors meſme qu'ils l'ont pû faire, à des conditions ſi auantageuſes, que ç'euſt eſté beaucoup pour eux de les obtenir, apres auoir obtenu de grandes Victoires; A des conditions, dis-je, qui leur donnoient en vn ſeul Article, plus qu'ils n'auroient ſçeu gagner en pluſieurs an-nées; au moins s'il eſt vray ce que l'on dit, que les François auoient relaſché de la Treve pour le Portugal, pour ne retarder pas vn bien ſi neceſſaire que la Paix, à la Republique Chreſtienne;

Que finallement le ſcandale qu'ils ont donné au monde, en contraignant Trauf-menſdorf de ſe retirer de Monſter, & d'aban-

donner ſa Negociation, pour laiſſer auſſi bien
la guerre allumée dans l'Empire, qu'aux autres Eſtats, où ils la vouloient entretenir.

Cela eſtant , & les choſes ſe trouuant en
ces termes, que reſte-t'il dõc, MESSIEVRS,
ſinon que vous ouuriez les yeux aux lumieres
que ie vous preſente, & que vous preniez vne
forte reſolution de preuenir le naufrage qui
vous menace? De ne vouloir point toûjours
eſtre les Victimes que les Eſpagnols ſacrifient,
pour ſauuer leurs autres Eſtats, en occuppant
chez vous le gros des forces de la France, qui
s'y pourroient deſborder ; Et de conſiderer
enfin, Que le Deſtin meſme de l'Eſpagne de-
uenant tous les jours plus dur, & ne vous laiſ-
ſant rien à eſperer de ce coſté-là ; ſemble vous
conuier de pouruoir à voſtre ſalut par vous-
meſmes, en vous accommodant, pendant que
vous le pouuez faire , auec ceux qu'il faudra
que vous ayez pour Maiſtres , ſi vous ne les
auez pour Alliez.

C'eſt donc à vous, MESSIEVRS, de
prendre vne genereuſe reſolution, ou tous en-
ſemble, ou quelqu'vne des principales Villes,
qui ſera auſſi-toſt ſuiuie de toutes les autres,
& qui luy acquerra meſme vn titre immortel
de

de Liberatrice de sa Patrie; C'est à vous, dis-je, à choisir entre ces deux euenemés ineuitables; ou de passer sous la condition de Peuples conquis, ou de deuenir Peuples libres, à l'imitation de vos Voisins, & de vous ériger en vn Corps de Republique;

La plus justement fondée; puis qu'elle le sera par la pure necessité, & par ce droict de Nature, qui permet à vn chacun de se conseruer par soy-mesme, quand il ne le peut faire par autruy;

La plus solidement establie; puis que d'vn costé toutes les Puissances voisines s'interesseront à l'enuy à sa conseruation; & que de l'autre vous ne deuez pas auoir la moindre apprehension des Espagnols, qui mal aisément pourroient jamais songer à reconquerir les Pays-bas, esloignez comme ils sont, & séparez de leurs autres Estats; puis qu'il se voit qu'auec tous leurs efforts, ils n'ont pû r'entrer dans la Cataloigne, qui est à leur porte;

Et enfin d'vne Naissance la plus fauorable, & la plus heureuse qui sera jamais; puis qu'elle ne fera pas seullement la felicité de ses Citoyens; mais qu'elle sera encore vn des principes

cipes de la Paix generale de la Chreſtienté,
dont elle ſera infailliblement ſuiuie; & don-
nera par conſequent moyen aux Chreſtiens
vnis & liguez, de reprimer la puiſſance des
Ottomans, qui ſe deſborde ſur leurs Eſtats
auec tant de violence.

www.ingramcontent.com/pod-product-compliance
Lightning Source LLC
Chambersburg PA
CBHW061613180626

46818CB00005B/2056